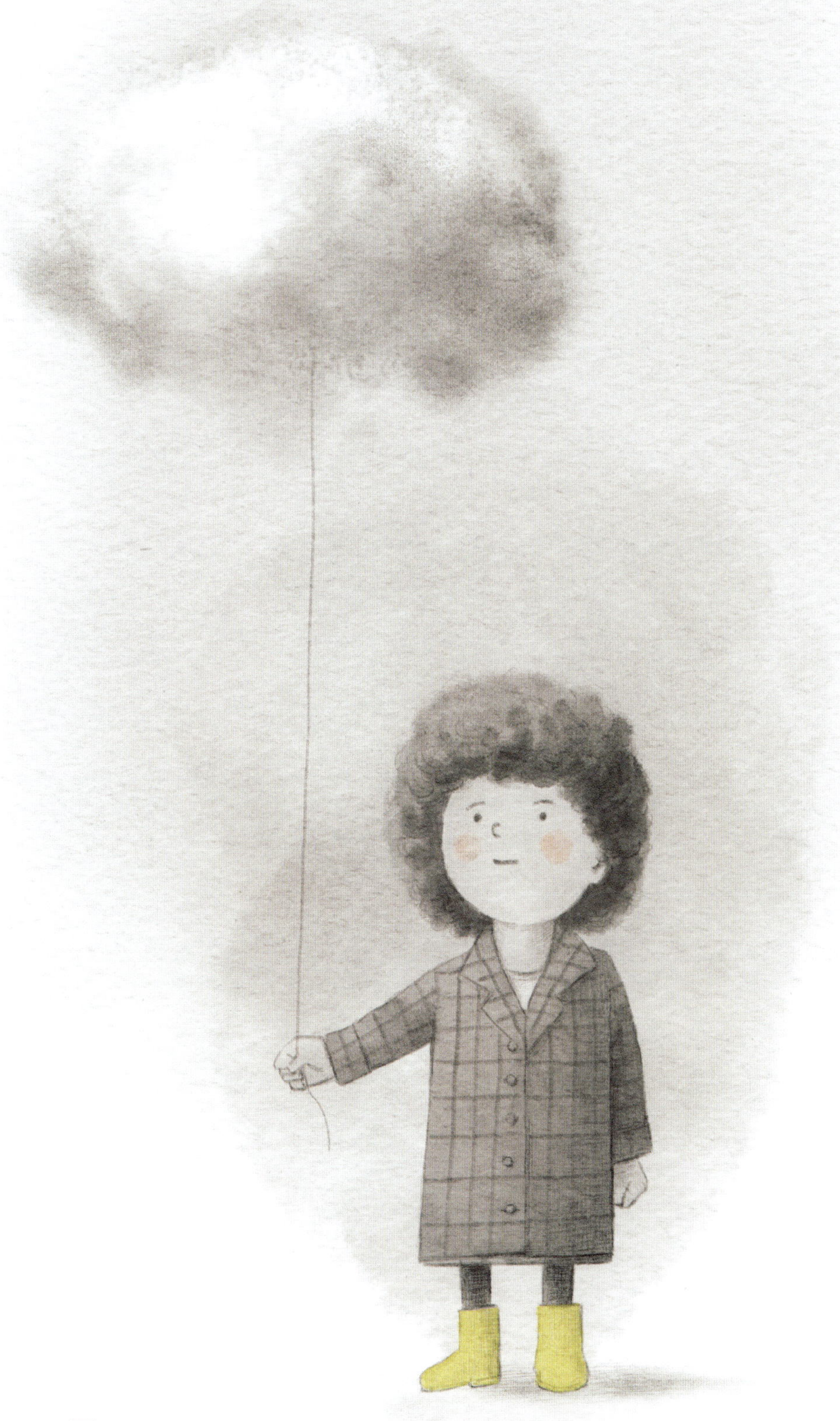

Lizzy e a nuvem

Os irmãos Fan

Catapulta junior

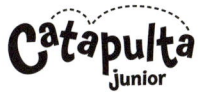

Era sábado.
Todo sábado, Lizzy saía para passear com seus pais.

Não havia lugar melhor para passar o sábado do que no parque, com suas barracas, fontes e a sombra de grandes árvores.

Lizzy correu direto para o vendedor de nuvens.

A maioria das pessoas tinha pressa para chegar
ao novo carrossel ou ao teatro de fantoches.
As nuvens estavam um pouco fora de moda
nos últimos tempos, mas não para Lizzy.

As nuvens subiam e desciam suavemente
a cada sopro do vento.
Algumas eram fofinhas e redondas.
Outras eram finas e quase imperceptíveis.
Havia um papagaio, um coelho, um peixe
e um elefante...

Mas Lizzy queria uma nuvem comum.

Lizzy deu à sua nuvem o nome
de Milo.
Parecia ser um bom nome.
Nomear sua nuvem era a primeira
instrução do manual. Havia mais
passos do que ela imaginava.

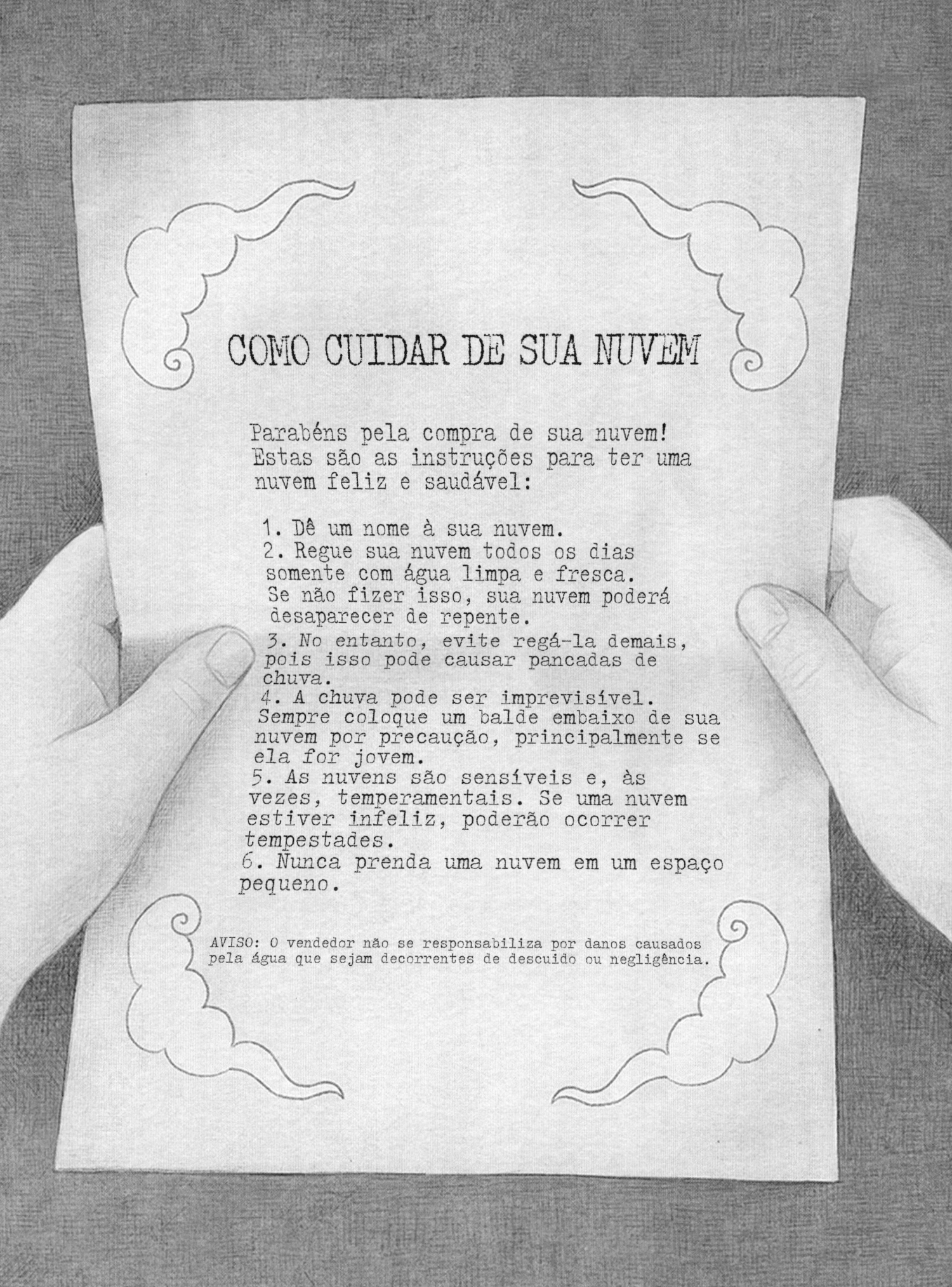

Lizzy regava Milo com cuidado todos os dias...

Depois, Milo regava a coleção de orquídeas raras, as samambaias e outras plantas de Lizzy.

Nos dias ensolarados, Lizzy levava Milo para passear com ela e sua família.

Mas parecia que Milo gostava mais dos dias chuvosos.

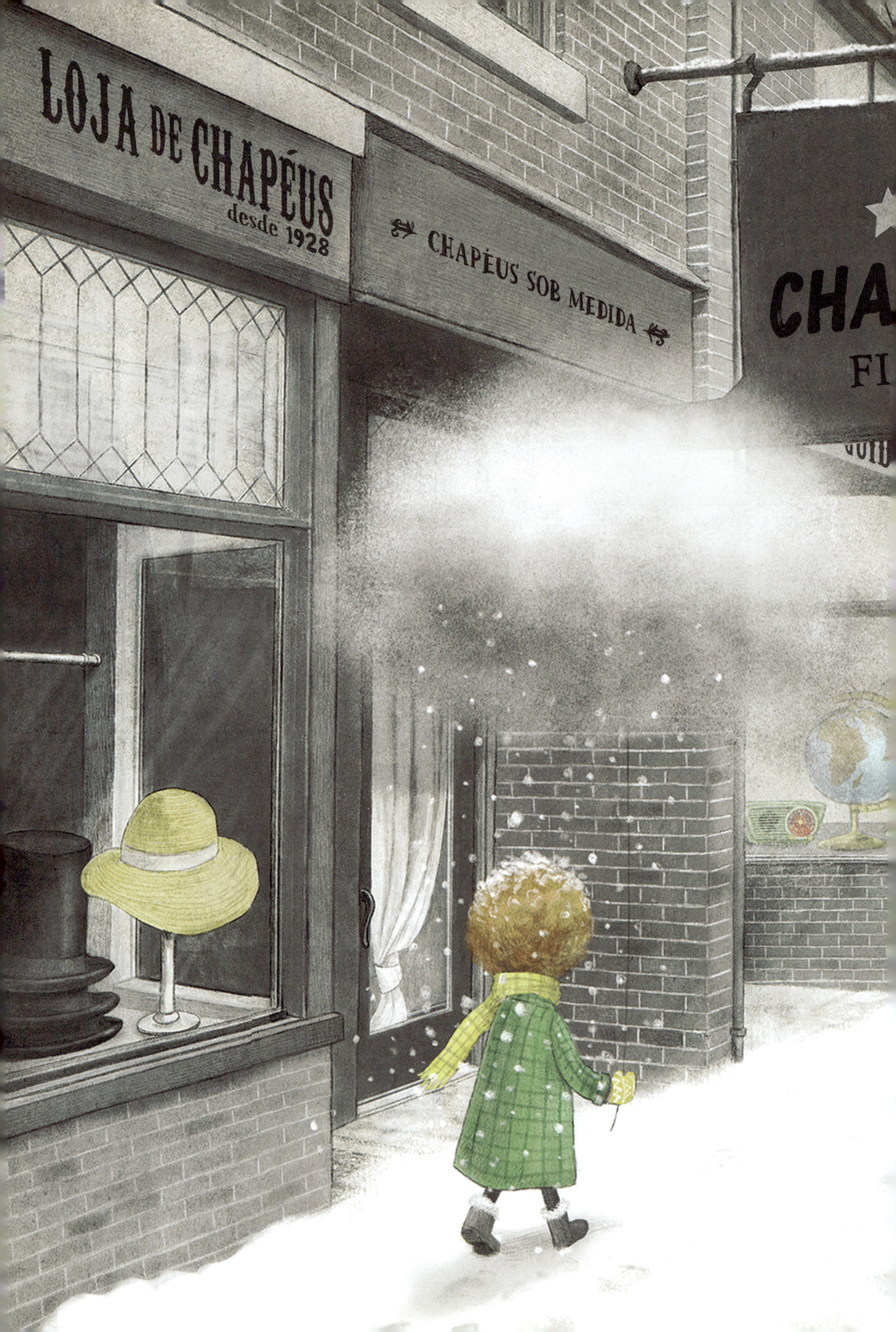
LOJA DE CHAPÉUS
desde 1928
CHAPÉUS SOB MEDIDA

Com o passar dos meses, Milo se tornava cada vez...

... maior.

Até que ele cobriu todo o teto.
Será que Milo pararia de crescer em algum momento?

Lizzy procurou no manual um modo de resolver esse problema, mas nada do que tentava parecia dar resultado.

Certa noite, Lizzy ouviu o barulho de um trovão acima de sua cabeça. Ela sabia o que isso significava...

E foi se esconder embaixo da cama até a birra acabar.

Pela manhã, só caíam algumas gotas de chuva.
Milo parecia arrependido, se é que podemos dizer
que uma nuvem se arrepende, mas Lizzy sabia
que a culpa não era dele.
Ela tinha se esquecido da regra mais importante
do manual...

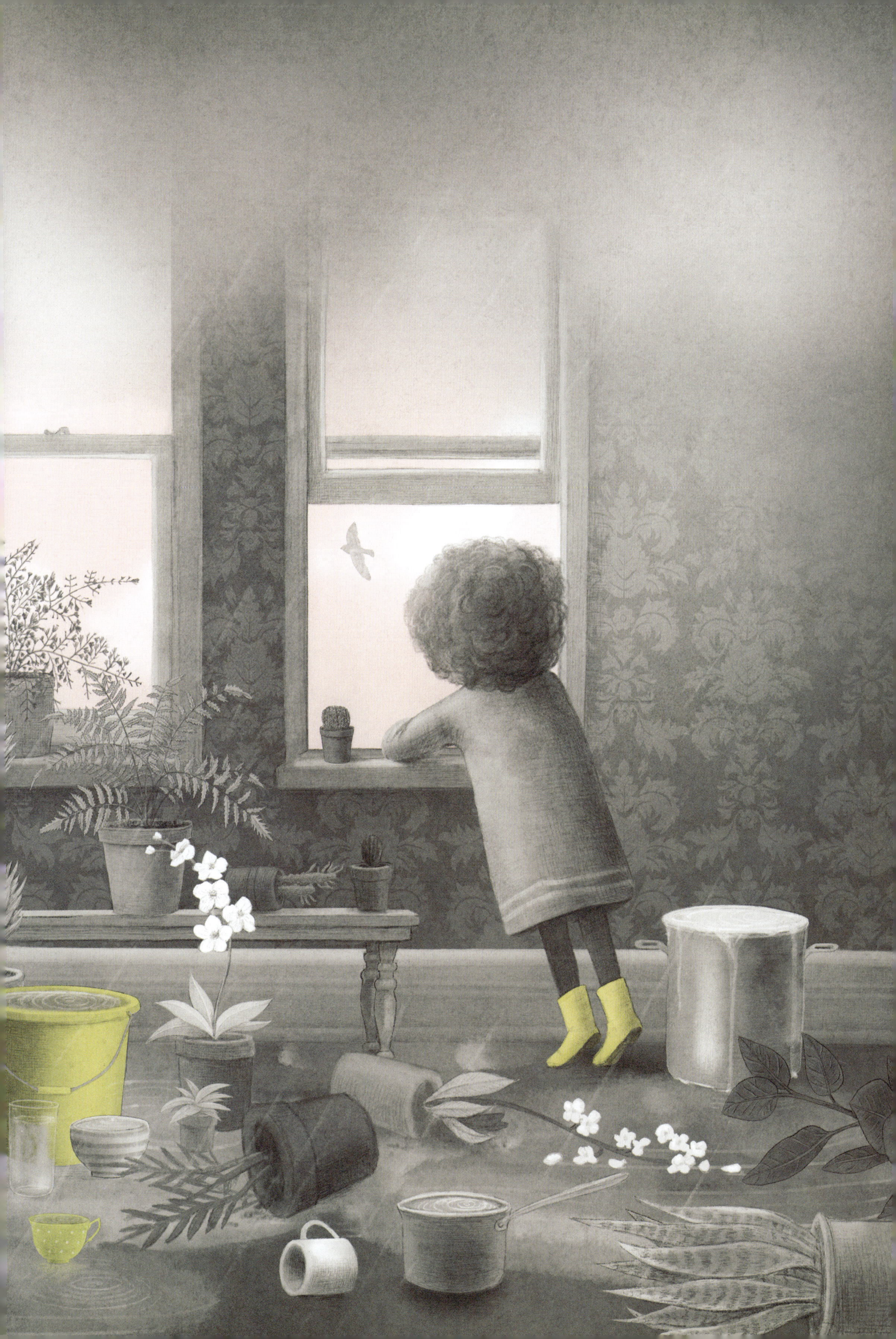

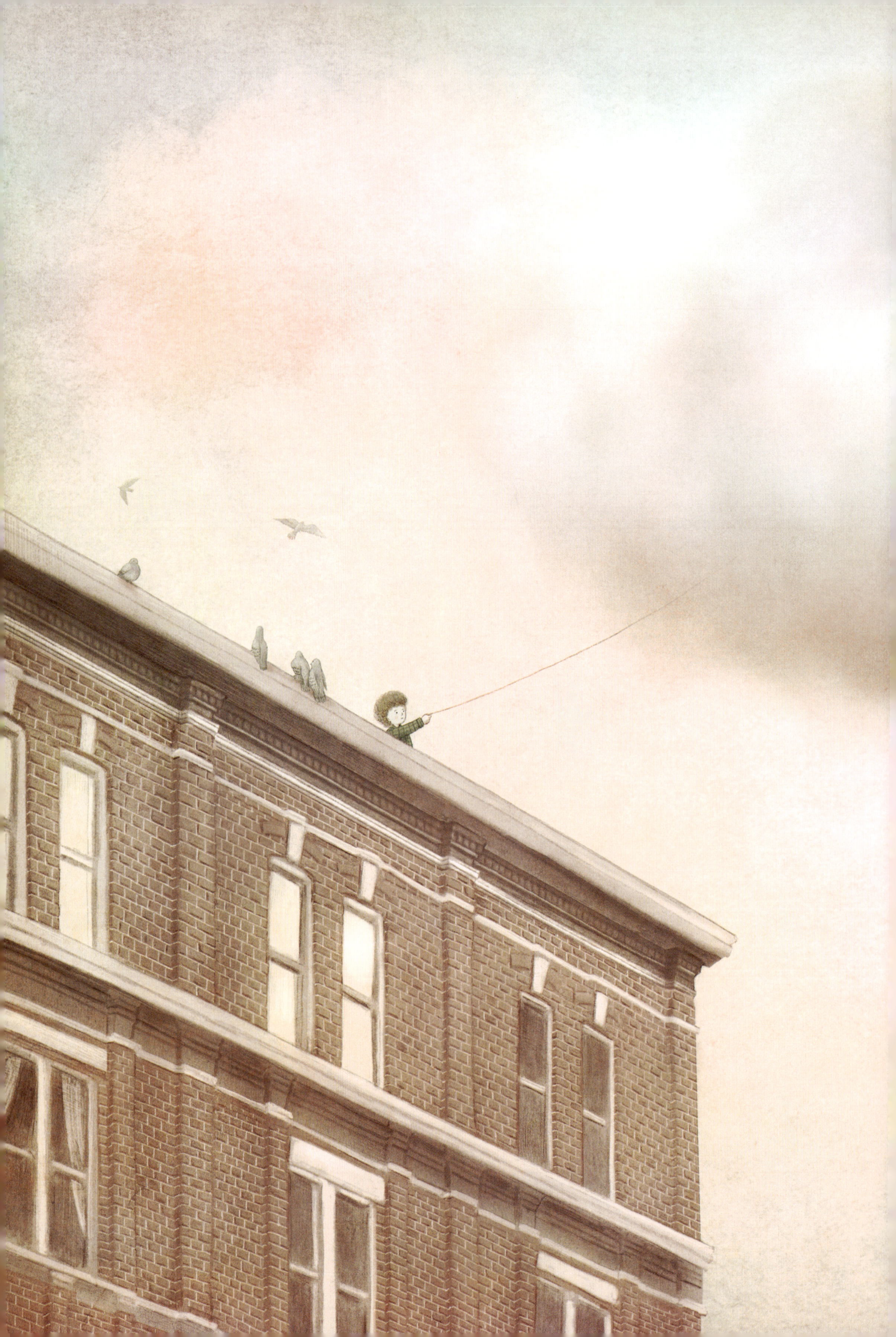

"Nunca prenda uma nuvem em um espaço pequeno."

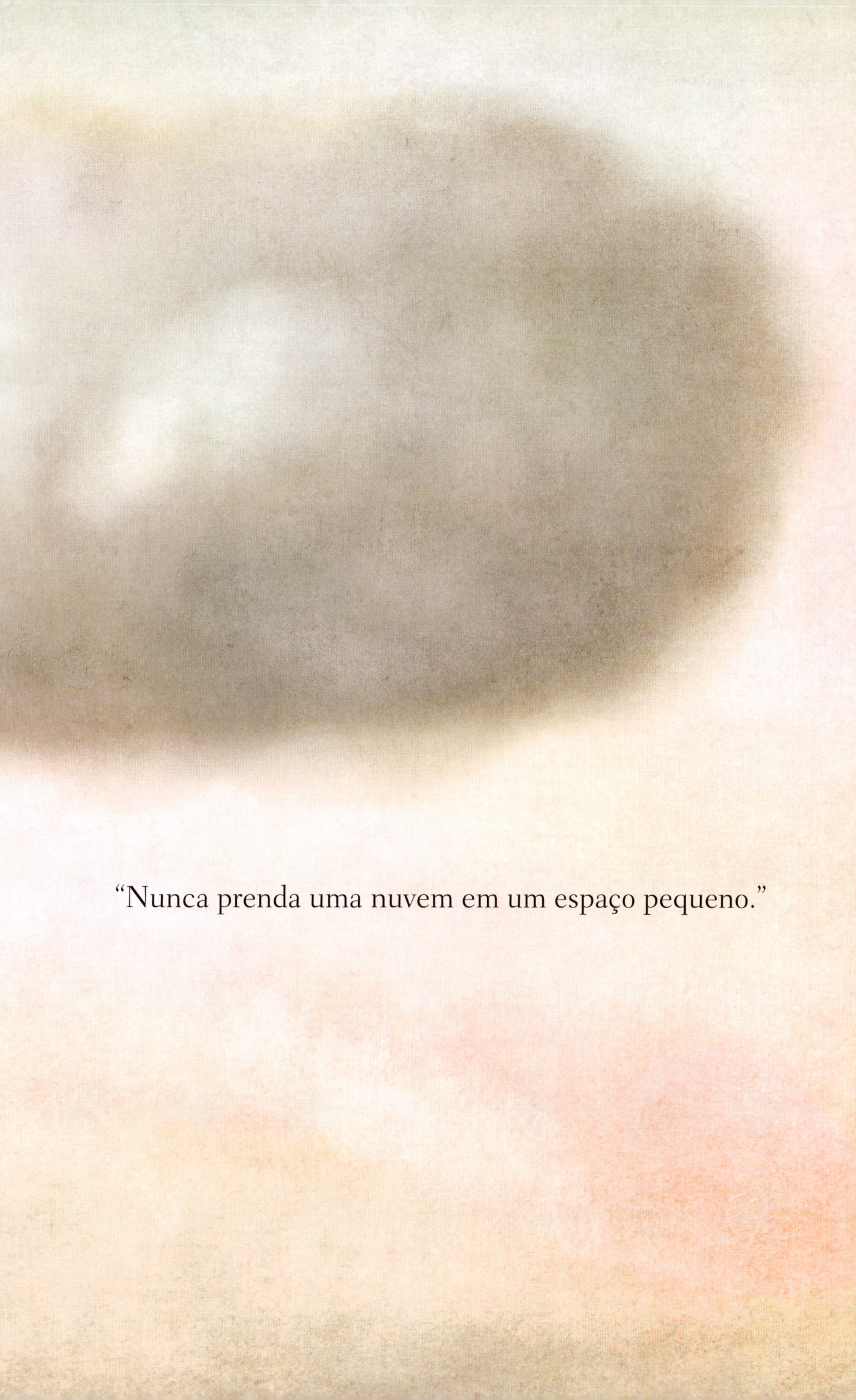

Apesar de não estar no manual,
Lizzy sabia que a hora havia chegado.
Milo precisava flutuar em liberdade.

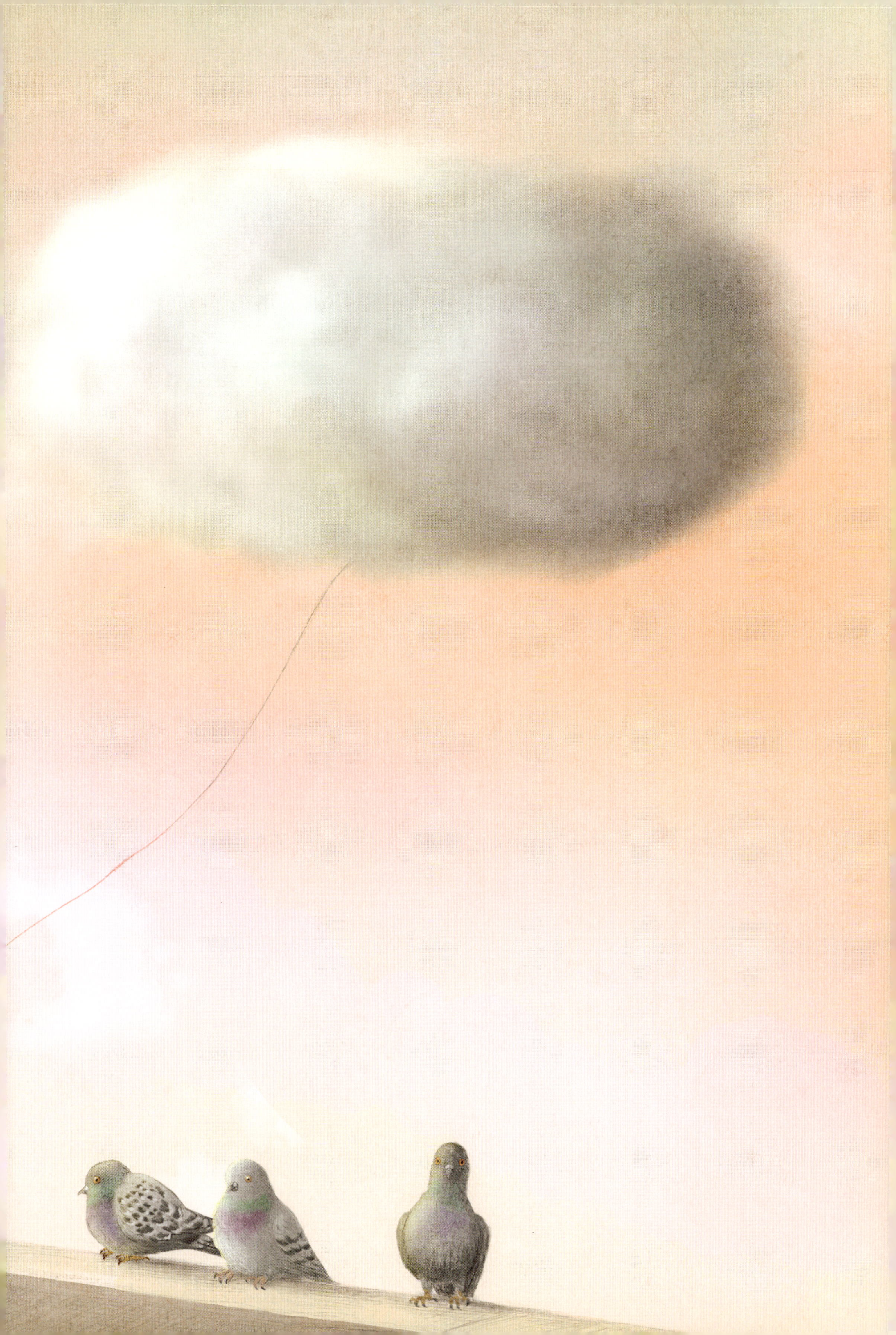

"Fique perto das nuvens maiores!", Lizzy disse a ele, com uma voz mais adequada a um quarto pequeno e silencioso do que ao céu amplo e aberto.

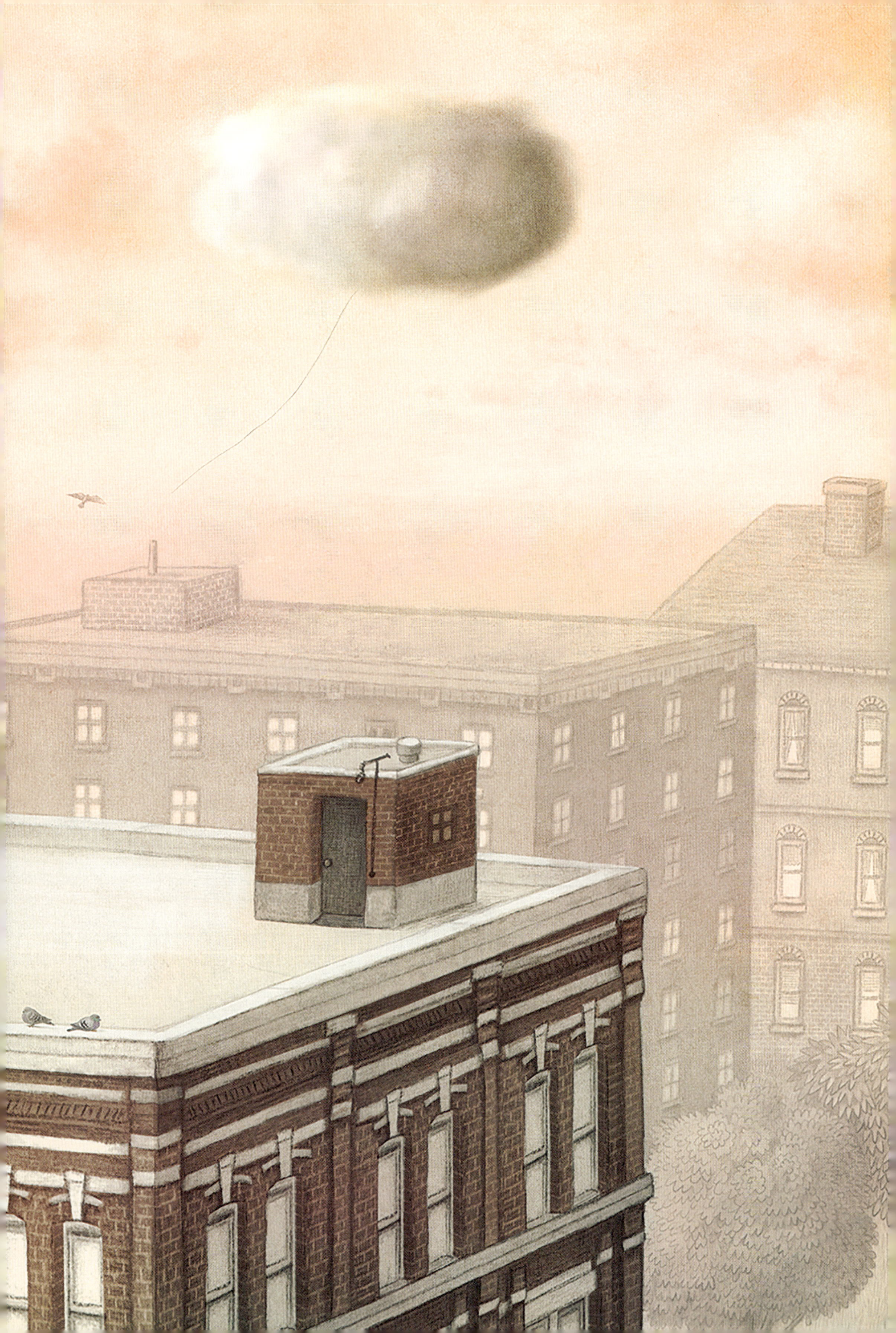

Em pouco tempo, Milo não podia mais ser visto.

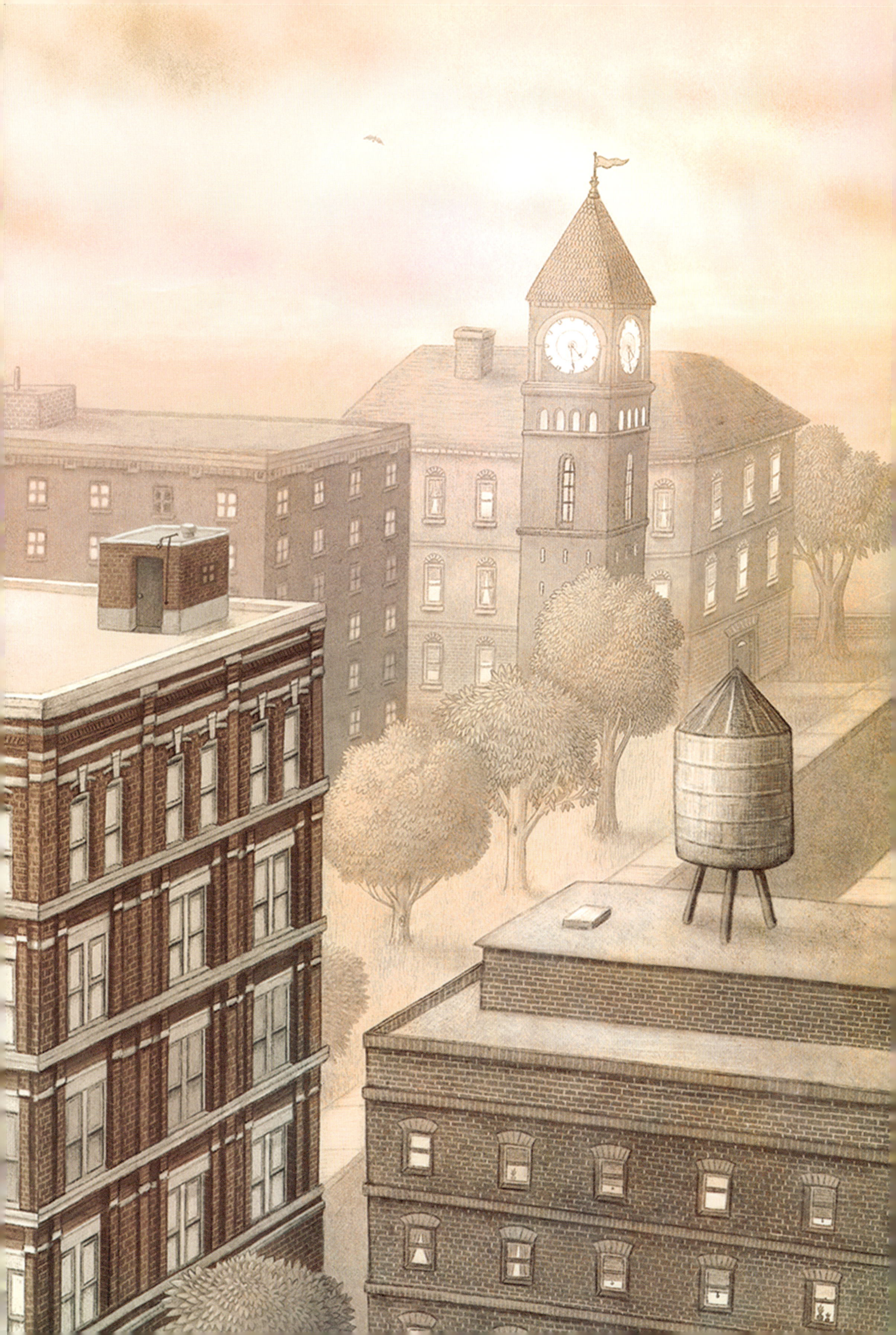

Sempre que estava nublado,

Lizzy pensava em Milo.

E sempre que via uma nuvem especialmente fofinha, ela acenava...

Só para garantir...

COMO CUIDAR DE SUA NUVEM

Parabéns pela compra de sua nuvem!
Estas são as instruções para ter uma
nuvem feliz e saudável:

1. Dê um nome à sua nuvem.
2. Regue sua nuvem todos os dias
somente com água limpa e fresca.
Se não fizer isso, sua nuvem poderá
desaparecer de repente.
3. No entanto, evite regá-la demais,
pois isso pode causar pancadas de
chuva.
4. A chuva pode ser imprevisível.
Sempre coloque um balde embaixo de sua
nuvem por precaução, principalmente se
ela for jovem.
5. As nuvens são sensíveis e, às
vezes, temperamentais. Se uma nuvem
estiver infeliz, poderão ocorrer
tempestades.
6. Nunca prenda uma nuvem em um espaço
pequeno.

AVISO: O vendedor não se responsabiliza por danos causados
pela água que sejam decorrentes de descuido ou negligência.

7. DEIXE SUA NUVEM FLUTUAR EM LIBERDADE.

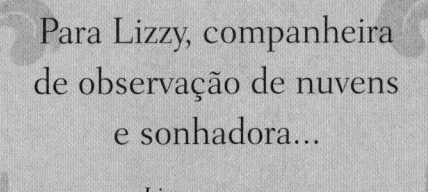

Para Lizzy, companheira
de observação de nuvens
e sonhadora...

Lizzy e a nuvem
Os irmãos Fan
Título original:
Lizzy and the cloud

Da edição em português:
Coordenação editorial: Florencia Carrizo
Tradução: Carolina Caires Coelho
Revisão: Thainara da Silva Gabardo
Diagramação: Verónica Alvarez Pesce

Primeira edição.

Catapulta
editores

R. Adib Auada, 35 Sala 310 Bloco C
Bairro: Granja Viana - CEP: 06710-700 – Cotia – São Paulo.
infobr@catapulta.net / www.catapulta.net

ISBN 978-65-5551-065-2

Impresso na China em outubro de 2022.

Lizzy e a nuvem / Os irmãos Fan ; ilustrações dos autores ;
tradução Carolina Caires Coelho. -- Cotia, SP : Catapulta, 2022.

Título original: Lizzy and the cloud.
ISBN 978-65-5551-065-2

1. Literatura infantojuvenil I. Os Irmãos Fan.

22-115785   CDD-028.5

Índices para catálogo sistemático:
1. Literatura infantil 028.5
2. Literatura infantojuvenil 028.5

Eliete Marques da Silva - Bibliotecária - CRB-8/9380

© 2022, Catapulta Editores Ltda.
© 2022 by The Fan Brothers
Book design by Lizzy Bromley © 2022 by Simon & Schuster, Inc.

Livro de edição brasileira.
Nenhuma parte desta obra poderá ser reproduzida, copiada,
transcrita ou mesmo transmitida por meios eletrônicos ou
gravações sem a permissão por escrito do editor.
Os infratores estarão sujeitos às penas previstas
na Lei nº 9.610/98.

CHAVES DE PORTAS DESCONHECIDAS